AF112186

www.ingramcontent.com/pod-product-compliance
Lightning Source LLC
LaVergne TN
LVHW020445080526
838202LV00055B/5337

* 9 7 8 8 1 1 9 0 2 2 7 7 9 *

چاند میں خرگوش

(بچوں کی کہانیاں)

مصنف:

سعادت علی صدیقی

© Taemeer Publications

Chaand mein khargosh *(Kids stories)*

by: Saadat Ali Siddiqui

Edition: April '2023
Publisher & Printer:
Taemeer Publications. Hyderabad.

ISBN 978-81-19022-77-9

مصنف یا ناشر کی پیشگی اجازت کے بغیر اس کتاب کا کوئی بھی حصہ کسی بھی شکل میں بشمول ویب سائٹ پر اَپ لوڈنگ کے لیے استعمال نہ کیا جائے۔ نیز اس کتاب پر کسی بھی قسم کے تنازع کو نمٹانے کا اختیار صرف حیدرآباد (تلنگانہ) کی عدلیہ کو ہوگا۔

© تعمیر پبلی کیشنز

کتاب	:	**چاند میں خرگوش**
مصنف	:	**سعادت علی صدیقی**
صنف	:	ادب اطفال
ناشر	:	تعمیر پبلی کیشنز (حیدرآباد، انڈیا)
زیر اہتمام	:	تعمیر ویب ڈیولپمنٹ، حیدرآباد
سالِ اشاعت	:	۲۰۲۳ء
تعداد	:	(پرنٹ آن ڈیمانڈ)
طابع	:	تعمیر پبلی کیشنز، حیدرآباد - ۲۴
صفحات	:	۴۸
سرورق ڈیزائن	:	تعمیر ویب ڈیزائن

فہرست

	کہانی کار ایک نظر میں	7
	پیش لفظ (پیارے بچو!)	8
(۱)	غرور کا سر نیچا	9
(۲)	چاند میں خرگوش	17
(۳)	راجہ کا انصاف	20
(۴)	نیم حکیم خطرۂ جان	22
(۵)	قسمت کی بات	25
(۶)	انوکھی چادر	28
(۷)	رحم دلی	31
(۸)	سانپ اور مینا	36
(۹)	چور کی چالاکی	40
(۱۰)	انصاف	44

صبا،

سہیل،

سیمیں

جیسے

اردو پڑھنے والے معصوم بچوں

کے نام!

کہانی کار ایک نظر میں

نام: ڈاکٹر سعادت علی صدیقی ولدیت: ڈاکٹر شجاعت علی سندیلوی

پیدائش: لکھنؤ۔ ۱۵ مارچ ۱۹۴۵ء

تعلیم: بی۔اے آنرس فرسٹ ڈویژن لکھنؤ یونی ورسٹی

ایم۔اے (اردو) فرسٹ ڈویژن، فرسٹ پوزیشن "

ایم۔لٹ (اردو) فرسٹ ڈویژن دہلی یونی ورسٹی

پی۔ایچ۔ڈی (اردو) لکھنؤ یونی ورسٹی

مشاغل: درس و تدریس، تصنیف و تالیف، خدمتِ اردو

ملازمت: عارضی لیکچرر اردو دہلی یونی ورسٹی دہلی ۱۹۷۰ء

لیکچرر اردو مہاتما گاندھی کالج (روہیل کھنڈ یونیورسٹی) سنبھل۔ ستمبر ۱۹۷۱ء سے

ریڈر گریڈ ۱۹۸۰ء سے سلیکشن گریڈ جنوری ۱۹۸۶ء سے

پتہ: صدر شعبۂ اردو مہاتما گاندھی پوسٹ گریجویٹ کالج۔ سنبھل۔ ۲۴۴۳۰۲

: اردو گھر سنبھل۔ ۲۴۴۳۰۲

اعزازات: لکھنؤ یونیورسٹی میرٹ گولڈ میڈل ۱۹۶۵ء

اردو سماج گولڈ میڈل لکھنؤ ۱۹۸۳ء

محسن اردو یک جہتی ایوارڈ مراد آباد ۱۹۸۳ء

فرخ میموریل ایوارڈ کرت پور، بجنور ۱۹۸۵ء

چار کتابوں پر یوپی اردو اکادمی سے گراں قدر انعامات

گورنر کی جانب سے نامزد وزیٹر ضلع جیل مراد آباد ۱۹۷۶ء

گورنر کی جانب سے نامزد خصوصی رکن اردو تعلیمی مشاورتی بورڈ ۱۹۸۵ء

گورنر کی جانب سے نامزد رکن اتر پردیش اردو اکادمی ۱۹۹۱ء سے

نامزد رکن گورنمنٹ رضا لائبریری سب کمیٹی رام پور ۱۹۹۲ء

پیارے بچّو!

بچپن میں کہانیاں سُننے یا پڑھنے کا شوق ہر بچّے کو ہوتا ہے۔ کچھ بچّوں کو کہانیاں لکھنے کا بھی شوق ہوتا ہے اور وہ اخبارات و رسائل میں اپنی کہانی اور اپنا نام چھپا دیکھ کر بہت خوش ہوتے ہیں۔ بچپن میں جو کہانیاں لکھ کر چھپوائی جاتی ہیں اُن میں کچھ سُنی سُنائی ہوتی ہیں، کچھ دوسری زبان سے ترجمہ کی ہوئی اور کچھ طبع زاد (یعنی خود کی لکھی ہوئی)۔ اُس وقت اتنی سمجھ نہیں ہوتی کہ کہانی کے اصل مصنّف اور کتاب کا حوالہ بھی دیا جائے۔

اِس کتاب میں شامل کہانیاں، آج سے تقریباً تیس پینتیس سال پہلے لکھی گئی تھیں جب میں تمھاری طرح بچّہ ہی تھا اور اپنا نام چھپا دیکھ کر بہت خوش ہوتا تھا۔ ان کہانیوں میں کچھ دوسری زبانوں مثلاً انگریزی، سنسکرت اور ہندی سے ترجمہ کی ہوئی ہیں، کچھ سُنی سُنائی اور کچھ طبع زاد۔۔۔ جو اُس زمانے کے اخبارات و رسائل میں شائع ہوئیں۔ میرے پاس ان کا ریکارڈ محفوظ نہیں تھا۔ بچوں کے محبوب رسالے "ثانی" کے مدیر جناب معظم جعفری نے انھیں محفوظ رکھا۔ سنبھل کے نوجوان ادیب جناب سیّد محمود علی نے انھیں ترتیب دینے کا فرض انجام دیا۔ اور بچّوں بڑوں کے جانے پہچانے ادیب ڈاکٹر خوشحال زیدی صاحب۔۔۔ انھیں شائع کر کے منظرِ عام پر لا رہے ہیں۔ اگر یہ کہانیاں تمھیں پسند آئیں تو ان تینوں حضرات کا شکریہ ادا کرنا نہ بھولنا اور پسند نہ آئیں تو میرے لئے دعائے خیر کرتے رہنا۔

ہاں! کہانیوں کے بارے میں اپنی رائے ضرور لکھنا۔

تمھارا۔۔۔

سعادت علی صدیقی

اُردو گھر۔ سنبھل ۲۴۴۳۰۲

غرور کا سر نیچا

ہزاروں سال پرانی بات ہے کہ ہمالیہ کی زرخیز زمین پر کئی خوب صورت گاؤں بسے ہوتے تھے۔ایک چھوٹے سے گاؤں میں چوہوں کا خاندان رہا کرتا تھا۔ چوہے بہت محنتی تھے۔ فصل کٹنے کے بعد وہ کھیتوں سے اناج اکٹھا کرتے اور برسات میں گھر بیٹھے بیٹھے چین سے کھاتے۔ وہ اپنے پڑوسی چوہوں کو مصیبت کے دنوں میں اناج اُدھار دیتے تھے اور فصل کے دنوں میں اس کے بدلے ان سے اناج اکٹھا کروانے میں مدد لیتے تھے۔ ان کی اپنے سماج میں بہت عزّت تھی۔ گاؤں کا ہر چوہا اس خاندان کی عزت کرتا تھا۔ اس خاندان کا مالک ایک چوہا تھا جس

کی سب چوہے عزت کرتے تھے۔ دھیرے دھیرے اس کو غرور ہونے لگا۔ وہ اپنے کو سب چوہوں کا راجہ سمجھنے لگا۔ سب چوہوں سے ملنا جلنا چھوڑ دیا۔ ان سے نوکروں کے طریقہ سے کام لینے لگا۔ کوئی اس سے مدد لینے آتا تو وہ اس کا مذاق اڑاتا ہوا کہتا — "چوہوں کی ذات سب سے نیچی ہے۔ چوہے کسانوں کا اناج چراتے ہیں اور گناہ کر دوزخ کو پہنچتے ہیں۔"

اگر کوئی چوہا اس سے کہتا کہ تم بھی تو چوہوں کی ذات میں سے ہو تو وہ بڑے فخر سے کہتا — "میں تو جنت کا دیوتا ہوں۔ ایک بزرگ کی بددعا سے مجھے چوہوں کے بھیس میں یہاں آنا پڑا۔ جلد مجھے چھٹکارا مل جائے گا، میں جنت چلا جاؤں گا۔"

اس چوہے کی ایک خوب صورت لڑکی تھی۔ جب وہ لڑکی سیانی ہوگئی تو بہت سے نوجوان چوہے اس سے شادی کرنے کے لئے آئے۔ اس مغرور چوہے نے سب کو دھتکارتے ہوئے کہا — "تم سب میری کسی نہ کسی وقت نوکری کر چکے ہو۔ میں اپنی راجکماری کی شادی بھیک منگوں سے نہیں کروں گا۔" — یہ کہہ کر اس نے سب کو بھگا دیا۔ بڑے بوڑھے چوہوں نے بہت سمجھایا مگر وہ کسی طرح تیار نہ ہوا۔

ایک دن بیوی کے بہت طعنے اور کوسنے سننے کے بعد وہ بولا ـــــ "میں اپنی بیٹی کی شادی دنیا کی سب سے طاقت ور چیز سے کروں گا۔ تاکہ دنیا ہم پر فخر کرے"

بڑے بوڑھوں نے بہت سمجھایا کہ اپنی ذات میں ایک سے ایک خوب صورت نوجوان ہیں لیکن اس نے کسی کی نہ سنی اور ہر ایک سے یہی کہتا کہ وہ اپنی برادری والوں کے جال میں نہ پھنسے گا۔ اس نے اعلان کر دیا کہ وہ اپنی بیٹی کا بیاہ چوہوں کی ذات میں نہ کرے گا۔ اب کوئی ہمارے پاس شادی کا پیغام لے کر آئے گا تو اس کی خیریت نہیں۔ اُس نے اپنے بل کے دروازے پر چوکی دار بٹھادے اور حکم دے دیا کہ کسی کو اندر نہ آنے دیا جائے۔ اس کے برتاؤ سے سب چوہے بہت رنجیدہ ہوئے اور سب نے اُس کے وہاں جانا چھوڑ دیا۔

اس طرح کچھ دن گذر گئے۔ لڑکی کافی بڑی ہوگئی تھی۔ سب لوگ طعنہ دیتے اور کہتے کہ گھر سے نکل کر اپنی پسند کا دولھا ڈھونڈ لاؤ تاکہ جلدی سے بیٹی کی شادی کردی جائے۔ تنگ آکر ایک دِن چوہا اپنی بیٹی کے لئے دولھا ڈھونڈنے نکلا۔ گھر سے نکل کر وہ ایک اونچے ٹیلے پر بیٹھ گیا۔ دھوپ نکلی ہوئی تھی۔ چوہے مہاراج کی نظر سورج پر پڑی۔

س نے سوچا کہ سورج ہی دنیا میں سب سے طاقت ور ہے۔ اپنی روشنی سے ساری دنیا کو جگمگاتا ہے کیوں نہ اپنی بیٹی کا بیاہ اسی سے کردوں۔ وہ یہ سوچ ہی رہا تھا کہ ایک گدھ کی نظر اس پر پڑی۔ صبح صبح وہ ایسا شکار پاکر وہ آسمان میں چکر لگاتا ہوا اس پر جھپٹا اور اپنے پنجوں میں دبوچ کر اُسے لے اُڑا۔

اپنے کو موت کے منھ میں پاکر چوہا بہت گھبرایا۔ اُس نے عقل سے کام لیا۔ اور رہبانسی آواز میں گدھ سے بولا ——"میں اپنی بیٹی کے لئے لڑکا ڈھونڈنے نکلا ہوں۔ آپ مجھے سورج تک پہونچا دیں۔ شادی میں آپ کو بلاؤں گا۔ اور اپنی رعایا کے چنے ہوئے چوہے آپ کو کھانے کے لئے دوں گا۔"

گدھ سمجھا کہ وہ چوہوں کا راجہ ہے۔ اس لئے اس نے اس کی مدد کرنا منظور کرلیا۔ وہ اُسے اڑا کر سورج کے پاس لے گیا۔ وہاں کی گرمی سے چوہے کے روئیں جھلس گئے۔ وہاں پہنچ کر چوہے نے سورج سے کہا ——"آپ دنیا میں سب سے زیادہ طاقت ور ہیں اس لئے میں اپنی بیٹی کی شادی آپ سے کرنا چاہتا ہوں۔"

سورج نے کہا ——"دیکھو دوست! میں بخوشی تمہاری بات منظور کرلیتا مگر تمہاری بیٹی میری گرمی سے

جھلس جائے گی ــــ دوسری بات یہ ہے کہ میں بے گھر بار ہوں۔ اسے کہاں رکھوں گا۔ اس کے علاوہ میرا کام دنیا کے چاروں طرف گھومنا ہے۔ مجھے کمانے وغیرہ کی فرصت نہیں۔ میں کھانے کپڑے وغیرہ کا انتظام کیسے کرسکوں گا۔ تم میرے چھوٹے بھائی چاند کے پاس جاؤ۔ اس سے اپنی لڑکی کی شادی کر دینا ــــ میں گدھ کو اس کا پتہ بتائے دیتا ہوں۔"

چوہا سورج تک پہنچنے میں بہت تھک گیا تھا۔ سورج کی گرمی سے اس کی جان نکلی جارہی تھی۔ سورج کی بات سن کر اُسے بہت نا امیدی ہوئی لیکن اس کے علاوہ کوئی چارہ بھی نہیں تھا۔ گدھ نے منٹوں میں اسے چاند تک پہنچا دیا۔ چاند نے اس کی بہت آؤ بھگت کی اور چوہے کی باتیں سن کر بولا ــــ "میں آپ کا مشکور ہوں کہ آپ اپنی بیٹی کی شادی مجھ سے کرنے آئے ہیں۔ میں بڑے بھائی کا حکم مان لیتا مگر آپ خود دیکھ رہے ہیں کہ میرے منہ پر کالے کالے داغ ہیں۔ اسی لئے میں دن میں لوگوں سے منہ چھپائے رہتا ہوں۔ صرف رات میں باہر نکلتا ہوں۔ اس کے علاوہ بادل مجھے ہمیشہ ستاتے رہتے ہیں۔ جب ان کے دل میں آتا ہے مجھ ڈھک لیتے ہیں۔ میرا مشورہ یہ ہے کہ آپ اپنی بیٹی کی شادی بادل سے

کر دیجئے——"

چاند کی بات چوہے کو بچ گئی۔ وہ آگے بڑھا۔ گدھ اسے بادلوں کے پاس لے آیا۔ ہوا کے تیز جھونکے چل رہے تھے۔ کہیں پر بارش ہو رہی تھی۔ چوہے نے بادلوں کے پاس جاکر آنے کا مقصد بیان کیا۔

بادل پوری بات سن کر ہنس پڑا اور مسکراکر بولا ——"آپ کی خوب صورت بیٹی کو اپنی بیوی بناؤں اس سے بڑھ کر اور کیا ہو سکتا ہے لیکن ہماری زندگی تو منٹ منٹ میں بدلتی رہتی ہے۔ میری دشمن ہوا مجھے چین نہیں لینے دیتی وہ جب چاہتی ہے مجھے اڑا لے جاتی ہے وہ مجھ سے زیادہ طاقت ور ہے۔ اس لئے آپ اسی سے اپنی بیٹی کی شادی کیجئے——"

چوہا تھک ہار کر 'ہوا' کے پاس پہنچا۔ ہوا کو اس کی بات انوکھی سی لگی۔ وہ غصہ میں آکر بولی——"ارے بھائی یہ کس نے بتایا میں سب سے طاقت ور ہوں۔ وہ سامنے اونچا سا پہاڑ دیکھو۔ میں اسے کتنی ہی ٹکریں مارتی ہوں مگر اسے ذرا سا بھی نقصان نہیں پہنچتا۔ اُلٹا مجھ کو ہی چوٹ لگتی ہے۔——تم اسی پہاڑ کے پاس اپنی بیٹی کا پیغام لے کر جاؤ۔ تمھاری بیٹی پہاڑ کی کھوہ میں رہے گی—— پھل پھول وغیرہ کھائے گی، جھرنوں کا میٹھا پانی پیے گی۔"

یہ سن کر چوہا بہت خوش ہوا۔ اس نے سوچا مجھے زمین ہی پر سب سے طاقت ور دولھا مل گیا ہے۔ اس نے گدھ کا بہت شکریہ ادا کیا اور سلام کرکے رخصت کیا۔ وہ بہت سے پھول وغیرہ چن کر پہاڑ کے پاس پہنچا۔ پہاڑ نے چوہے کے آنے کی وجہ پوچھی۔ ساری کہانی سُن کر وہ بہت رنجیدہ ہوا اور دھیمی آواز میں بولا ـــــ "میرے پاس کچھ نہیں ہے ـــــ یہ ہری بھری بہار بارش پر منحصر ہے اگر بارش نہ ہو تو میں بالکل ریگستان ہو جاؤں گا۔ اس نے چوہے کو صلاح دی کہ ـــ زمین کے پاس چلے جاؤ اس کے پاس کھانے پینے کا سب سامان موجود ہے۔ سونا چاندی وغیرہ بیش قیمت جواہرات ہیں۔ چوہا پہاڑ کے پاس سے چل کر زمین کے پاس گیا اور اس سے ساری رام کہانی کہہ سُنائی۔ وہ بولی ـــــ "میں تیری بیٹی کے ساتھ کیسے شادی کرسکتی ہوں۔ میں تو خود عورت ذات ہوں۔ بڑے بڑے پیڑوں نے مجھے اپنی جڑوں سے جکڑ رکھا ہے۔ وہ بہت مضبوط ہوتے ہیں۔ تم انھیں کے پاس اپنی بات لے کر جاؤ۔

چوہا جب پیڑ کے پاس پہنچا اور اپنے آنے کی وجہ بتائی تو پیڑ بہت زور سے ہنسا اور بولا ـــــ ـــــ "اے چوہوں کے راجہ! میں نے زمین پر ضرور قبضہ

کر رکھا ہے مگر اس سے تو یہ ثابت نہیں ہوتا کہ میں طاقت ور ہوں۔ میری جڑیں اور تنے چوہوں نے کتر ڈالے ہیں۔ میں جلد ہی سوکھ جاؤں گا۔ تم اس ذات کے کسی نوجوان سے جاکر شادی کرو۔"

چوہا پیڑ کی بات سن کر بہت ناامید ہوا اور تھکا ماندا گھر لوٹا، گھر آ کر اس نے چوہوں کی پنچایت کی۔ سب سے معافی مانگی اور چاہا کہ اپنی بیٹی کی شادی کسی نوجوان چوہے سے کر دے۔ مگر کوئی اس پر تیار نہ ہوا۔ سب نے اسے دھتکار دیا۔ سب نے اس کا خوب مذاق اڑایا۔ وہ بہت شرمندہ ہوا۔ اور آخر میں بڑی خوشامد کرکے اس نے ایک کانے چوہے کو راضی کیا اور اسی سے اپنی بیٹی کا نکاح کردیا۔ اس کی بیٹی کی شادی میں کوئی بھی چوہا شریک نہ ہوا۔

اس طرح وہ اپنے غرور کی سزا پاگیا۔

چاند میں خرگوش

ہزاروں سال پرانی بات ہے یونان میں ایک سرسبز و شاداب جنگل تھا۔ جس میں طرح طرح کے جانور رہتے تھے۔ اس جنگل میں ایک چشمہ تھا۔ وہ جگہ بہت دِلکش تھی۔ جگہ جگہ پھول کھِلے ہوئے تھے۔ چشمہ کے کنارے چار جانور ——— ایک گیدڑ، ایک لنگور، ایک اُودبلاؤ اور ایک خرگوش رہا کرتے تھے۔ چاروں میں بہت دوستی تھی۔ چاروں دوست بہت نیک طبیعت کے تھے۔ وہ دوسروں کی بھلائی کے لئے کام کیا کرتے تھے۔ کوئی کسی جانور کو نہ ستاتا تھا۔ وہ چاروں بہت آرام کے ساتھ زندگی گزار رہے تھے۔ خرگوش ان میں سب سے زیادہ نیک

طبیعت اور شریف تھا۔ اس لئے وہ سب کا سردار مانا جاتا تھا۔ اس کی بات کوئی نہ ٹالتا تھا۔
ایک دن کا ذکر ہے چشمہ کے کنارے سبزے پر چاروں دوست بیٹھے ہوئے تھے۔ رات کا وقت تھا۔ چاندنی پھیلی ہوئی تھی۔ موسم بہت خوشگوار تھا۔ چاروں دوست دوسروں کی بھلائی کے لئے صلاح و مشورہ کر رہے تھے۔ خرگوش نے کہا۔"کل ہم لوگوں کو ایسا کام کرنا چاہئے کہ ہم لوگوں کا نام دنیا میں امر ہو جائے اور ہم لوگوں کا نام بہت عزت کے ساتھ لیا جائے۔"

چاروں دوستوں نے خرگوش کی بات سے اتفاق کیا اور آپس میں صلاح مشورہ کرتے ہوئے سو گئے۔ صبح جب چاروں دوست بیدار ہوئے تو کیا دیکھتے ہیں کہ ایک فرشتہ صورت انسان سبزہ پر بیٹھا ہوا زار و قطار رو رہا ہے۔ چاروں دوست مسافر کے پاس گئے اور اُس سے رونے کی وجہ پوچھی۔ مسافر نے روتے ہوئے کہا۔"میں بہت بھوکا ہوں، مجھے کچھ کھانے کو نہیں مل رہا ہے۔"

خرگوش نے سب کو رات والی بات یاد دلائی۔ اور کہا۔"اپنا اپنا کام شروع کریں۔" یہ سنتے ہی لنگور دوڑتا ہوا گیا اور جنگل سے تازہ تازہ پھل توڑ لایا۔

اور مسافر کے سامنے پیش کر دئے۔ گیدڑ ایک پیالے میں بہت سا دُودھ بھر لایا۔ اور مسافر کو دے دیا۔ اُود بلاؤ دریا میں کُود گیا اور بہت سی مچھلیاں پکڑ لایا۔ اور پھر —— تینوں نے آگ جلائی۔ مسافر نے پھل کھائے مچھلیاں بھون کر کھائیں۔ اور دُودھ پی لیا۔ اب آخر میں خرگوش کی باری تھی وہ خالی ہاتھ واپس آیا اور مسافر سے رو کر بولا —— "سب نے آپ کی خاطر کی۔ افسوس میں آپ کے لئے کچھ نہ کر سکا۔ میں آپ کے لئے گھاس بھی نہ لا سکا۔ اس لئے آپ مجھے ہی بھون کر کھائیے اگر آپ مجھ کو نہ بھونیں گے تو میں خود آگ میں کُود پڑوں گا۔"

یہ کہہ کر خرگوش نے آگ میں چھلانگ لگا دی اور جل گیا۔ اس کی رُوح آسمان میں پرواز کر گئی۔ یونانیوں کا عقیدہ ہے کہ وہ مسافر ایک فرشتہ تھا وہ خرگوش کے جسم کو آسمان پر لے گیا اور اس کو چاند میں لگا دیا اور چاند میں جو داغ ہیں وہ اسی خرگوش کے جسم کے ہیں۔

راجہ کا اِنصاف

کسی شہر میں ایک سیٹھ جی رہا کرتے تھے۔ لوگ اُن کے پاس اپنی چیزیں امانت کے طور پر رکھاتے تھے۔ سیٹھ جی کسی کا مال واپس نہیں کرتے تھے۔ ایک بار ایک غریب آدمی جب پردیس جانے لگا تو سیٹھ جی کے پاس ایک تھیلی رکھا گیا۔ جس میں کچھ روپے تھے۔ پردیس سے واپس آنے پر جب اُس نے سیٹھ جی سے اپنی امانت مانگی تو سیٹھ جی نے تھیلی دینے سے صاف انکار کر دیا اور کہا تم نے تھیلی نہیں رکھائی تھی۔ غریب آدمی نے راجہ کے پاس جاکر فریاد کی اور سارا ماجرا کہہ سنایا۔

راجہ نے سیٹھ جی کو بلا کر غریب آدمی کی تھیلی واپس لوٹانے کو کہا۔ لیکن سیٹھ جی بولے کہ غریب آدمی ہمیں

بد نام کرتا ہے۔ اس نے مجھے کوئی تھیلی نہیں دی تھی۔"
راجہ نے غریب آدمی سے پوچھ تاچھ کی کہ اس نے روپوں کی تھیلی کب اور کس وقت رکھائی تھی اور کون اِس کا گواہ ہے؟ اس نے سب باتیں ٹھیک ٹھیک بتا دیں۔ جس سے راجہ کو یقین ہو گیا کہ اس آدمی نے ضرور سیٹھ جی کے پاس روپوں کی تھیلی رکھائی ہے۔ ایک دن راجہ نے سیٹھ جی کو بلایا اور باتوں ہی باتوں میں ان کی انگوٹھی لے لی اور اپنی انگوٹھی انھیں دے دی اور ایک آدمی کے ذریعہ سیٹھ جی کے گھر کہلا بھیجا کہ "سیٹھ جی نے روپوں کی تھیلی مانگی ہے جو فلاں وقت فلاں دن ایک آدمی دے گیا تھا۔"

اپنے شوہر کی انگوٹھی پہچان کر سیٹھ جی کی بیوی نے روپوں کی تھیلی راجہ کے آدمی کو دے دی۔ راجہ نے اس تھیلی کو کئی تھیلیوں کے بیچ میں رکھ کر اس آدمی کو بلایا۔ اور کہا کہ اپنی تھیلی اٹھالو۔ اس نے اپنی تھیلی پہچان کر اٹھالی اور باقی تھیلوں کو ہاتھ بھی نہ لگایا۔

غریب آدمی کو تھیلی مل گئی وہ راجہ کو دعائیں دیتا ہوا چلا گیا۔ راجہ نے سیٹھ جی کو بہت سخت سزا دی۔

نیم حکیم خطرۂ جان

کئی سو سال پہلے کی بات ہے کسی ملک میں ایک راجہ تھا۔ اس کے علاج کے لئے دربار میں ایک حکیم بھی رہتا تھا۔ دربار میں جب کوئی بیمار پڑتا اسی کا علاج ہوتا تھا۔ قسمت کا کرنا یہ ہوا کہ حکیم جی بہت بیمار پڑے اور کچھ ہی دن میں اُن کا اِنتقال ہوگیا۔ راجہ کو بڑی فکر ہوئی کہ اَب درباریوں کا علاج کون کرے گا؟ اس نے اپنے نوکروں کو حکیم جی کے گھر بھیجا اور کہا جاؤ پوچھ کر آؤ کہ حکیم جی کے کوئی لڑکا ہے یا نہیں؟ نوکروں نے آکر بتایا کہ حکیم جی کے ایک لڑکا تو ہے۔ مگر وہ جاہل ہے۔ اُس کی عمر تقریباً پندرہ سال ہے۔ راجہ نے لڑکے کو دَربار میں بُلوا بھیجا۔ اور اُس سے

کہا ——— "اگر تم کچھ پڑھ لکھ لو تو ہم تمھیں حکمت پڑھنے کے لئے باہر بھیج دیں گے اور جب تم حکمت پڑھ کر واپس آؤ گے تو ہم تمھارے باپ کی جگہ رکھ لیں گے۔" حکیم کا لڑکا یہ سن کر بہت خوش ہوا اور راجہ کی شرط مان لی۔ تھوڑے دنوں کے بعد راجہ نے اُسے حکمت پڑھنے کے لئے باہر بھیج دیا۔ لڑکا وہاں کے ایک مشہور حکیم سے تعلیم حاصل کرنے لگا۔

ایک دن کا ذکر ہے کہ حکیم کے پاس ایک آدمی بکری لے کر آیا۔ اُس کے گلے میں ککڑی اٹک گئی تھی۔ حکیم نے پوچھا کہ ——— "تمھاری بکری کہاں چرتی تھی؟" ——— "کھیت میں" ——— بکری کے مالک نے جواب دیا۔ لڑکا بھی وہاں موجود تھا۔ حکیم نے ایک کپڑا بکری کے گلے میں ڈال کر اس طرح اینٹھا کہ ککڑی ٹوٹ کر بکری کے گلے سے باہر آگئی۔ بکری کا مالک بکری ساتھ لے کر چلا گیا۔

سال بھر بعد لڑکا تعلیم حاصل کرنے کے بعد گھر واپس آگیا۔ راجہ نے سوچا کہ لڑکا ہوشیار معلوم ہوتا ہے۔ اُس نے بہت جلد اپنی تعلیم مکمل کر لی۔ اس لئے اس نے اس کی بہت خاطر مدارات کی ——— اور اُسے شاہی حکیم کے عہدے پر مامور کر دیا

ایک بار رانی کے گلے میں ایک پھوڑا نکل آیا۔

۲۳

نئے شاہی حکیم کو بلایا گیا۔ انھوں نے رانی کو بغور دیکھنے کے بعد نوکروں سے پوچھا — "رانی صاحبہ کہاں چرتی تھیں؟" نوکر یہ سُن کر بہت گھبرائے، انھوں نے جواب دیا — "مہاراج سے پوچھ کر بتائیں گے۔ نئے شاہی حکیم صاحب بولے — "گھبرانے کی کوئی بات نہیں، کہہ دو کھیت میں چر رہی تھیں۔" راجہ کے نوکروں نے سوچا اِس میں کوئی خاص بات ہوگی۔ انھوں نے وہی کہہ دیا جو حکیم صاحب نے کہا تھا۔ شاہی حکیم نے ایک کپڑا رانی کے گلے میں ڈال دیا اور اسی طرح اینٹھنے لگا۔ رانی بہت چیخی چلائی۔ اُس کی سانس گھٹنے لگی۔ مگر شاہی حکیم صاحب اپنا کام کیے گئے۔ نوکروں نے بھی یہی سمجھا کہ یہ علاج کر رہے ہیں۔ اس لئے انھوں نے بھی کچھ نہ کیا اور چُپ چاپ کھڑے رہے۔ اِس طرح دَم بھر میں رانی کا خاتمہ ہو گیا۔

قسمت کی بات

بہت زمانہ گزرا کسی مُلک میں باجا بجانے والوں کی قسمت بہت اچھی ہو گئی تھی۔ سب باجے والوں نے اپنا اپنا باجہ سونے کا بنوا لیا تھا۔ صرف ایک بے چارا بانسری والا ہی ایسا بچا تھا جس کے پاس بانس کی بانسری تھی۔ اُس کی قِسمت اچھی نہیں تھی۔ وہ بہت غریب تھا۔ اسی لئے وہ اپنی بانسری سونے کی نہیں بنوا سکتا تھا۔ انھیں دنوں اُس ملک کے راجہ کے یہاں ایک لڑکے کی پیدائش ہوئی۔ راجہ کو بُڑھاپے میں یہ پہلی اولاد نصیب ہوئی تھی۔ اس نے خوب دھوم دھام سے اس کی پیدائش کا جشن منانے کے لئے اعلان کر دیا۔ سارے مُلک میں خوشی کی لہر دوڑ گئی۔ سب باجے والے بھی راجہ کے محل جانے

کے لئے تیار ہوئے تاکہ وہاں سے انعام واکرام لے کر لوٹیں۔ ان کے ساتھ بانسری والا بھی چلنے کے تیار ہوا جاتے وقت اس کی بیوی نے کہا——"تم کہاں چلے ؟" "تم نہ جاؤ تمہاری قسمت اچھی نہیں ہے۔"

مگر اس نے بیوی کی ایک نہ سُنی اور بولا—— "آج قسمت کی کیا بات کرتی ہو۔ راجہ کے یہاں لڑکا پیدا ہوا ہے۔ میری قسمت ٹھیک نہیں ہے تو کیا، مگر بانسری کی آواز تو کتنی اچھی ہے۔"

اتنا کہہ کر بانسری والا بھی سب باجے والوں کے ساتھ راجہ کے محل کی طرف چل دیا۔ وہاں پہونچ کر سب باجے والوں نے اپنے اپنے باجے بجائے۔ بانسری والے نے بھی بہت اچھی بانسری بجائی۔ راجہ باجے والوں سے بہت خوش ہوا اور اس نے حکم دیا کہ——"اِن سب باجے والوں کے باجے روپیوں سے بھر دو۔ انھیں بھی یاد رہے گا کہ راجہ کے لڑکا ہوا تھا۔ تب ہم نے باجا بجایا تھا۔" راجہ کے حکم کی فوراً تعمیل کی گئی۔ سب باجے روپیوں سے بھر دئے گئے۔ مگر بانسری میں روپے کہاں سے آتے ؟ وہ بے چارا خالی ہاتھ گھر واپس آیا۔

کچھ دنوں بعد ابھی خوشیاں ختم بھی نہ ہونے پائی تھیں کہ خدا کا کرنا ایسا ہوا کہ راجہ کا لڑکا بیمار ہوا اور چند دنوں میں مرگیا۔ سارے ملک میں غم کے بادل چھا

گئے۔ راجہ کے غصّہ کی حد نہ رہی۔ اُس نے حکم دیا کہ "جن لوگوں نے ہمارے لڑکے کے جشنِ ولادت میں باجے بجائے تھے، اُن سب کو پکڑ لاؤ اور اُن کے باجے توڑ ڈالو۔"

سب باجے والے پکڑ کر لائے گئے۔ سپاہیوں نے سب کے باجے توڑنا شروع کئے مگر سب کے باجے سونے کے تھے، وہ کیسے ٹوٹتے؟ ایک بے چارے بانسری والے کی بانسری بانس کی تھی۔ وہ ذرا دیر میں ٹکڑے ٹکڑے ہو گئی اور وہ بے چارہ اپنی قسمت کو روتا ہوا گھر واپس ہوا۔

انوکھی چادر

جنگل میں شیر چیتے اور جنگلی جانور رہتے ہیں لیکن کچھ آدمی بھی رہتے ہیں جن کو جنگلی آدمی یا ڈاکو کہا جاتا ہے۔ دوسروں کو ستانا، لوٹ مار کرنا، ان کا کام ہوتا ہے۔ آج کل اِن سے بچنے کے لئے پولیس مقرر کی گئی ہے۔ شاہی حکومت میں بادشاہ خود بھیس بدل کر ان لوگوں کا پتہ لگاتے اور اپنی رعایا کے دُکھ درد کا حال معلوم کرتے تھے۔ ایسا ہی ایک بہت رحم دِل، رعایا سے محبّت کرنے والا بادشاہ تھا۔ وہ رات کو بھیس بدل کر رعایا کے حال چال معلوم کرنے کے لئے گھوما کرتا تھا۔ ایک دن وہ اسی طرح بھیس بدل کر جنگل میں نکل گیا۔ تاکہ وہاں چور ڈاکو نہ رہ سکیں

وہ کبھی اس جنگل میں نہیں آیا تھا۔ وہاں بہت سے ڈاکو رہتے تھے جو رعایا کو ستایا کرتے تھے۔ بادشاہ گھومتے گھومتے بہت دوُر نکل گیا۔ اتنے میں اُس کو بہت سے آدمیوں نے گھیر لیا اور پکڑ لیا۔ بادشاہ نے بہت کچھ فریاد کی لیکن ان ظالموں نے ایک نہ سُنی اور اپنے قلعہ میں اُسے قید کر لیا۔

بادشاہ دن رات اپنی رہائی کی فکر میں رہتا مگر اس کو کچھ سمجھ میں نہ آتا۔ آخر کار ایک دن بادشاہ کو ایک ترکیب سمجھ میں آئی۔ اُس نے ڈاکوؤں کے سردار سے کہا کہ "اگر آپ ہمیں ریشم لادیں، تو ہم آپ کو ایسی چادر بُن دیں گے جس کو اگر آپ دربار میں جاکر بادشاہ کو پیش کریں گے تو بادشاہ آپ کو بہت انعام و اکرام مرحمت فرمائے گا۔" ڈاکو کے سردار نے کہا "اگر ایسا ہو تو بہت ہی اچھا ہے۔ میں ضرور تم کو ریشم لادوں گا۔ میں نہیں جانتا تھا کہ تم اتنے اچھے کاریگر ہو، نہیں تو آج تک نہ معلوم کتنی چادریں بن جاتیں اور مجھے کتنا فائدہ ہوتا۔" دوسرے دن ڈاکو نے ریشم لاکر بادشاہ کو دیا۔

بادشاہ نے بُننے کا تمام سامان اکٹھا کر کے چادر بُننا شروع کی۔ اُس نے باڈر (حاشیہ) پر اپنی گرفتاری کا تمام قصّہ اور قیام کا حال لکھ دیا۔ ظاہر میں

یہ تحریر خوب صورت بیل بوٹے معلوم ہوتے تھے —
لیکن اس میں بادشاہ کی نیز ان لوگوں کی جو اس کے ساتھ قید میں تھے دردناک داستان تھی۔ ڈاکوؤں کا سردار چادر دیکھ کر بہت خوش ہوا اور کہا واقعی یہ چادر بادشاہ کے لائق ہے۔ اس کو بادشاہ بہت پسند کریں گے۔

دوسرے دن وہ چادر کو لے کر دربار میں گیا۔ وزیر چادر کو دیکھ کر بہت خوش ہوا اور ڈاکوؤں کے سردار کو کئی لاکھ روپے انعام میں دیے۔

اس طرف ڈاکو انعام لے کر رخصت ہوا اس طرف وزیر نے اپنی فوج کو تیار کر کے فوراً اس جنگل میں پہنچ گیا اور قلعہ کو چاروں طرف سے گھیر کر تمام ڈاکوؤں کو گرفتار کرلیا۔ اور اپنے بادشاہ نیز دوسرے قیدیوں کو چھڑا لیا۔ بعد میں اِن ڈاکوؤں کو پھانسی دے دی گئی اور مُلک کو اِن کے ظلموں سے نجات مِل گئی۔

یہ صِرف بادشاہ کی صَنعَت کاری گری کی برکت تھی۔

رحم دلی

کسی زمانے میں ایک بہت مال دار آدمی تھا، جو بہت رحم دل اور نیک تھا۔ بُرے دِن آتے دیر نہیں لگتی۔ تھوڑے ہی دِنوں میں اس کا سارا مال و اسباب تباہ و برباد ہو گیا۔ آخر کار اس نے طے کیا کہ باہر جاکر اپنی قسمت آزمائی کرے اور اپنا پیٹ پالے۔ اس کے پاس جو کچھ تھا وہ لے کر روانہ ہو گیا۔ ابھی تھوڑی ہی دُور گیا ہو گا کہ اس نے کچھ بچوں کو شور و غل مچاتے ہوئے دیکھا۔ اس نے بچوں سے پوچھا — "کیا معاملہ ہے۔" بچوں نے جواب دیا — "ہم نے ایک چوہا پکڑا ہے۔ — اس کو جب ہم لوگ مارتے ہیں تو وہ بھاگتا ہے" یہ کہہ کر وہ پھر چوہے کو مارنے لگے۔ اس آدمی نے بچوں سے

کو سے نرمی اور محبت سے کہا ــــ "یہ ٹھیک نہیں ہے، میں تم لوگوں کو انعام دوں گا۔ اگر تم لوگ اس چوہے کی جان بخش دو۔" بچے خوشی سے اُچھلنے لگے۔ انھوں نے چوہے کو چھوڑ دیا۔ چوہا بھاگ گیا۔ وہ آدمی پھر روانہ ہو گیا۔ چلتے چلتے وہ ایک گاؤں میں پہونچا۔ جہاں بہت سے لڑکے ایک گدھے کی دُم میں پیپہ باندھے ہوئے کھیل رہے تھے۔ وہ گدھے کو خوب مارتے تھے۔ گدھا بے چارا بھاگتا تھا۔ پیپے سے اس کے پیر لگ لگ کر زخمی ہو گئے تھے۔ گدھے کے بھاگنے اور پیپہ کی آواز سے گاؤں والے اور بچے ہنستے تھے۔ اس آدمی کو بڑا ترس آیا۔ اس نے سب بچوں کو بلا کر کہا ــــ "اگر میں تم لوگوں کو ایک روپیہ دوں تو تم لوگ گدھے کو نہ ستاؤ گے؟" لڑکوں نے دل میں سوچا کہ یہ آدمی بھی خوب ہے۔ گدھے کے لئے ایک روپیہ برباد کر رہا ہے۔ ان کے منھ میں پانی بھر آیا۔ انھوں نے بڑی خوشی سے یہ منظور کر لیا۔ اِن لڑکوں نے گدھے کی دُم سے پیپہ کھول دیا اور روپیہ لے کر ہنسی خوشی اپنے اپنے گھر روانہ ہو گئے۔ اس آدمی کو جب اطمینان ہو گیا تو اس نے اپنی راہ لی۔ چلتے چلتے اس کا گزر ایک جنگل میں ہوا۔ جہاں ریچھ رہتے تھے۔ لوگ ریچھوں کو پکڑنے وہاں آیا کرتے تھے۔ اِتفاق سے اُس روز بھی کچھ

لوگ ریچھ پکڑنے آئے ہوئے تھے۔ انھوں نے جال میں ریچھ کے ایک بچّے کو پکڑ رکھا تھا۔ اس آدمی نے ان سے کہا کہ اس بےچارے کو تم نے کیوں پکڑ رکھا ہے۔ اس کو چھوڑ دو۔ آدمیوں نے جواب دیا — واہ میاں واہ اگر ہم اسے چھوڑ دیں تو کھائیں کیا، یہی ہماری روزی ہے۔ اِسے ناچ سکھائیں گے اور تماشا دکھا کر پیسے وصول کریں گے۔" بھلے آدمی نے کہا — "اس کے عوض میں روپیہ دینے کو تیار ہوں مگر اسے چھوڑ دو۔" آدمیوں نے اس کی قیمت پچاس روپے لگائی نیک آدمی نے پچاس روپے دے کر ریچھ کو چھڑا دیا۔ ریچھ نے سر جھکا کر شکریہ ادا کیا اور جنگل میں چلا گیا۔

اس آدمی کے پاس اب کچھ نہیں رہا تھا۔ وہ چاہتا تھا کہ کہیں کوئی جگہ مل جائے تاکہ پیٹ پال سکے وہ ایک شہر میں پہونچا۔ ملازمت کی تلاش میں اِدھر اُدھر گھوما پھرا لیکن اس کو کوئی نہ پوچھتا تھا۔ وہ دن بھر پریشان رہا۔ رات کو ٹھہرنے کی جگہ نہیں تھی۔ ناچار سڑک پر پڑ رہا۔ رات کو پولیس والے آئے۔ انھوں نے اُسے بےسروسامانی کی حالت میں دیکھا۔ چور سمجھ کر کوتوالی میں بند کر دیا۔ سویرے راجہ کے سامنے مقدّمہ شروع ہوا۔ بنا کچھ کہے سُنے اور کسی پوچھ گچھ کے راجہ نے اُسے دریا میں ڈال دینے کی سزا دے دی۔ ایک

بڑے صندوق میں کچھ کھانا رکھ کر اُسے بند کردیا اور دریا میں پھینک دیا گیا۔ بے چارے کو اپنی جان سے مایوسی ہوگئی۔ اُس کو رہائی کی کوئی صورت نظر نہ آئی۔ اپنے کو موت کے منہ میں دیکھ کر خدا سے گڑگڑا کر دُعائیں مانگنے لگا ــــ "اے میرے پالنے والے! تُو ہی مجھ کو قیدو بند کی مصیبت سے نجات دے گا۔ اگر تیری مرضی یہی ہے تو بہ خوشی راضی ہوں تیرے پاس آنے کے لئے تیار ہوں لیکن جیساکہ تو جانتا ہے، میں بالکل بے قصور ہوں۔" ــــ دعا مانگنے کے بعد اسے ایسا معلوم ہوا کہ کوئی اس سے کہہ رہا ہے ــــ "اے شخص تو بے گناہ ہے، خدا کی رحمت سے مایوس نہ ہو، تو بہت جلد مصیبت سے نجات پائے گا۔ تجھ کو خدا بہت جلد رتبہ دے گا کہ بڑے بڑے بادشاہ تیرے سامنے کوئی حقیقت نہ رکھیں گے۔" ــــ وہ شخص یہ کہہ کر غائب ہوگیا۔ اُس آدمی کو ایسا معلوم ہوا کہ کوئی اس کے صندوق کی رسّی کتر رہا ہے۔ چند ہی منٹ میں رسّی کٹ گئی۔ اس نے دیکھا ــــ رسی کو کاٹنے والا وہی چوہا ہے جسے اس نے بچوں سے نجات دلائی تھی۔ اسی وقت ریچھ اور گدھا بھی آگئے۔ انھوں نے صندوق کو کھینچا۔ اور اُس آدمی کے سامنے باادب کھڑے ہو گئے۔ آدمی نے ان کا بہت بہت شکریہ ادا کیا۔ چاروں

ساتھی کھڑے ہی تھے کہ دریا کی لہروں سے ایک بہت عمدہ خوب صورت موتی کنارے آ لگا۔ ریچھ نے کہا ـــــ "آپ اس کو اٹھا لیجئے، یہ عجیب و غریب موتی جو اپنے پاس رکھتا ہے اس کی ہر خواہش پوری ہوتی ہے۔ اسے لیجئے اور آرام سے زندگی گزاریئے۔"

رحم دل آدمی نے فوراً موتی اٹھا لیا۔ اُس نے دل میں خواہش کی کہ ـــــ اسی جگہ ایک خوب صورت محل، خوش نما باغ، چمن خوب صورت حوض، خدمت کے لیئے نوکر چاکر وغیرہ مجھے مل جائیں اور میں آرام سے زندگی بسر کروں۔" ـــــ جیسے وہ اتنا کہہ چکا اُسے بڑا تعجب ہوا۔ اُس نے اپنے کو ایک بہت خوب صورت محل میں کھڑا ہوا پایا۔ جس میں ایک خوب صورت چمن، خوب صورت حوض۔ نوکر چاکر، ہاتھی گھوڑے سب کچھ موجود تھے۔ اس نے اپنے چاروں ساتھیوں سے اپنے ساتھ رہنے کو کہا۔ تینوں ساتھیوں نے اس کے ساتھ رہنا منظور کرلیا۔ اس نیک اور رحم دل آدمی نے کچھ دن بعد اپنے گھر والوں کو اپنے پاس بُلا لیا۔ جب تک وہ زندہ رہے۔ ہنسی خوشی کے ساتھ رہتے رہے۔

سانپ اور مینا

کسی ملک میں ایک غریب خاندان رہا کرتا تھا۔ اس خاندان میں کل آٹھ افراد تھے۔ شوہر، بیوی اور چھ بچے۔ گھر کا مالک ایک کھیت میں ہل جوتنے پر نوکر تھا۔ اس سے جو اناج روپیہ وغیرہ ملتا تھا اسی پر گزر ہوتی تھی۔ ایک دن کا ذکر ہے گھر کا مالک ہل جوتنے کے لئے کھیت پر گیا ہوا تھا۔ ماں اپنے دونوں بچوں کو لے کر تالاب پر نہانے گئی ہوئی تھی۔ باقی چار لڑکے گھر کے دروازے پر کھیل رہے تھے۔ گھر کے پاس ایک پیڑ تھا۔ اس وقت ایک مینا اڑتی ہوئی آئی اور پیڑ پر بیٹھ کر چہکنے لگی۔ لڑکے مینا کو دیکھ کر خوش ہونے لگے۔

بڑا لڑکا بولا —— "مینا کتنی اچھی چڑیا ہوتی ہے"
منجھلا لڑکا بولا —— اسی لئے تو میں ہر چڑیا کو چن چن کر مارتا ہوں، لیکن مینا کو نہیں مارتا ہوں —— مینا کی بولی بڑی میٹھی ہوتی ہے۔"

وہ لوگ آپس میں باتیں کر رہے تھے کہ اتنے میں ایک لڑکے نے دیکھا کہ وہاں ایک سانپ رینگتا ہوا آ پہونچا۔ مینا اڑنے ہی کو تھی کہ سانپ نے اُسے پکڑ لیا۔ سانپ کے مُنہ میں پڑکر مینا چیخنے لگی۔ اتنے میں دونوں نیچے آکر گرے۔ مینا نے بہت کوشش کی لیکن سانپ نے اُسے نہ چھوڑا۔ غریب مینا کی یہ حالت اِن لڑکوں سے دیکھی نہ گئی۔ وہ کیا جانتے تھے کہ سانپ کتنا خطرناک ہوتا ہے۔ بڑا لڑکا دوڑ کر سانپ کے پاس پہونچا اور اس کے مُنہ سے مینا کو چھیننے کی کوشش کرنے لگا۔ سانپ کو کب گوارا ہو سکتا تھا۔ وہ اس لڑکے کے لپٹ گیا مینا اُس کے منہ سے چھوٹ گئی اور جاکر پیڑ پر بیٹھ گئی۔ باقی لڑکے اپنے بھائی کو بچانے کے لئے سانپ سے لپٹ گئے۔ سانپ باری باری سب کو ڈس رہا تھا لڑکے اس سے الجھ پڑے تھے۔ پڑوسیوں نے جب یہ حال دیکھا تو کسی کی ہمت نہ ہوئی کہ وہ سانپ کے پاس پہونچے اور ناگ سے لڑنے کی ہمت کیسے

ہو سکتی تھی۔ لوگ دوڑے ہوئے تالاب پر گئے اور سارا واقعہ ان کی ماں سے جاکر کہا۔ یہ سنتے ہی وہ بدحواس ہوگئی۔ اُسے یہ بھی یاد نہ رہا کہ اُس کے دو لڑکے تالاب ہی پر ہیں۔ وہ دوڑتی ہوئی گھر پہونچی۔ ادھر ایک لڑکے نے دوسرے لڑکے سے کہا کہ ہم مچھلی پکڑ رہے ہیں، تم اوپر اس کا انتظار کرو۔ یہ کہہ کر وہ گہرے پانی میں اُترا اور مچھلی پکڑنے لگا۔ ایک جگہ پانی میں پیر پھسل گیا اور وہ پانی میں گر گیا۔ اس نے اپنے بھائی کو مدد کے لئے پکارا۔ اس کا بھائی گھبرا کے آگے بڑھا تو اس کی بھی وہی حالت ہوئی جو اس کے بھائی کی ہوئی تھی۔ دونوں تالاب میں ڈوب گئے۔

اِدھر گھر میں چاروں بچے سانپ کے زہر کے اثر سے چل بسے تھے۔ اس نے چاروں لڑکوں کی لاشوں کو گھر میں لاکر رکھا اور رونے لگی۔ اتنے میں اُسے تالاب پر گئے ہوئے لڑکے یاد آئے۔ دوڑتی ہوئی تالاب پر پہونچی۔ اُس نے پہونچ کر دیکھا تو دونوں لڑکے پانی میں ڈوب گئے ہیں۔ اُس نے پڑوسیوں سے کہا ــــــ "اَب میں گھر جاکر کیا کروں گی" اور یہ کہہ کر اُس نے تالاب میں کودنے کی کوشش کی۔ پڑوسیوں نے اُسے بہت سمجھایا اور روکا مگر اُس نے کسی کی

نہ سُنی اور تالاب میں کُود گئی۔ تھوڑی دیر بعد اس کی بھی لاش پانی پر تیر رہی تھی۔ محلّے والے دونوں لڑکوں اور ماں کی لاش گھر لے آئے۔

شام کو جب مالک گھر پہونچا تو اس کے سامنے ساتوں لاشیں پڑی ہوئی تھیں۔ وہ بولا ——— "ہائے اب میں زندہ رہ کر کیا کروں گا؟" ——— "میرے چھ لڑکے مرچکے ہیں" ——— "میری بیوی مرچکی ہے" ——— "میں کیا کروں گا ———" یہ کہہ کر وہ پچھاڑ کھا کر گر پڑا اور پھر کبھی نہ اُٹھ سکا۔

کہتے ہیں کہ اس جگہ آج تک کوئی اتنا غم ناک واقعہ نہیں سُننے میں آیا۔

چور کی چالاکی

کچھ ہی عرصہ گزرا ہم اور نسیم اپنے گاؤں سے تعلیم حاصل کرنے کے لئے لکھنو آئے ہوئے تھے۔ ہم لوگ ایک مقامی کالج میں پڑھتے تھے۔ ہم لوگوں کا مکان شہر کی ایک تنگ و تاریک گلی میں واقع تھا۔ رات کو بغیر ٹارچ کے اس گلی سے گزرنا بہت مشکل تھا۔ اندھیرے کی وجہ سے اکثر چوریاں ہو جایا کرتی تھیں۔ ایک دن ہم لوگوں کے ساتھ بھی عجیب وغریب واقعہ پیش آیا۔ جس میں چور کی عقل مندی کی تعریف نہ کرنا بہت بے انصافی ہوگی۔

واقعہ یوں ہوا کہ سردیوں کا زمانہ تھا۔ شام کے پانچ بجے تھے۔ ہم اور نسیم اپنے گھر میں بیٹھے ہوئے

تاش کھیل رہے تھے۔ ہم لوگ تاش کھیلنے میں اتنے مشغول تھے کہ ہم لوگوں کو خبر بھی نہ ہوئی کہ پوسٹ مین نہ جانے کب سے چلّا رہا تھا ــــ "خط لے جائیے۔" پوسٹ مین کی آواز سن کر نسیم دوڑ کر باہر گیا۔ تھوڑی ہی دیر میں ایک نیلا لفافہ ہاتھ میں لئے ہوئے واپس آیا۔ ہم نے لپک کر اس کے ہاتھ سے لفافہ چھین لیا۔ پتہ پر دونوں کا نام پڑھ کر ہم لوگ چونکے مگر جیسے ہی لفافہ چاک کیا تو حیرت کی کوئی انتہا نہ رہی۔ لفافہ میں سے خط کے بجائے ایک سنیما کے "دو پاس" رکھے ہوئے تھے۔ ہم نے لفافہ کو اُلٹ پلٹ کر دیکھا مگر بھیجنے والے کا کہیں نام و نشان تک نہ تھا۔ نسیم نے لفافہ ہمارے ہاتھ سے لے لیا۔ اُسے غور سے دیکھنے کے بعد بولا ــــ "دیکھو اس میں لکھنؤ پوسٹ آفس کی مُہر لگی ہوئی ہے۔ یہ یہیں سے کسی صاحب نے بھیجا ہے۔ ہو سکتا ہے انھیں نام لکھنے کی ضرورت نہ محسوس ہوئی ہو" ــــ "مگر ہمارا تو شہر میں کوئی اتنا شناسا بھی نہیں ہے جو بغیر کہے سُنے پاس بھیج دے گا۔ محلّہ میں بھی ہم لوگ اجنبی کی طرح رہتے ہیں۔ پھر پاس بھیجنے والا کون ہو سکتا ہے؟" ــــ ہم نے کہا ــــ "شاید کالج کے کسی ساتھی نے بھیجے ہوں" ــــ "مگر

وہاں بھی کوئی ایسا ساتھی نظر نہیں آتا۔"

ہم اسی شش و پنج میں مبتلا تھے کہ پاس بھیجنے والا کون ہو سکتا ہے؟ کہ نسیم نے رائے دی ـــــ "پاس بھیجنے والا کوئی شخص ہو، خدا اُسے جنت نصیب کرے، یہ واپس آنے کے بعد سوچنا، مفت پاس آگئے ہیں تو پکچر دیکھ ہی ڈالیں۔"

ہم نے بھی اس کی رائے سے اتفاق ظاہر کیا اور فلم دیکھنے جانے کے لئے تیاری میں مصروف ہو گئے۔ چند ہی منٹ میں ہم لوگ بالکل تیار ہو گئے ـــــ ٹارچ لی، گھر میں تالا لگایا۔ سڑک پر آکر ایک رکشہ کیا اور بیٹھ کر چل دئے۔ دس منٹ میں ہم لوگ سنیما پہونچ گئے۔ چھ بجنے میں کچھ منٹ باقی تھے۔ ہم لوگ اطمینان کے ساتھ ہال میں جاکر بیٹھ گئے۔ ہال میں بہت شور ہو رہا تھا اور ہم اسی سوچ میں غرق تھے کہ پاس کس نے بھیجے ہیں؟ نہ جانے کب نیوز ریل شروع ہو گئی اور ہم لوگ فلم دیکھنے میں مصروف ہو گئے۔ انٹرول میں ہم لوگوں نے ایک ہوٹل سے چائے پی۔ اور پھر واپس آکر ہال میں بیٹھ گئے۔

ساڑھے دس بجے فلم چھوٹا۔ فلم بہت پسند آئی۔ باہر نکلے اور اپنے مہربان کو ہزاروں دعائیں دے ڈالیں جس نے چند ہی پیسوں میں اتنی اچھی فلم دکھائی تھی۔

ہم لوگ پیدل ہی چل دیئے۔ راستہ بھر اسی خیال میں الجھے رہے کہ پاس بھیجنے والا کون ہو سکتا ہے۔ مگر کسی پر رائے نہ جمتی تھی۔ غرض اسی طرح ہم لوگ باتیں کرتے کرتے اپنی گلی میں داخل ہوئے گلی میں بہت اندھیرا تھا۔ ہاتھ کو ہاتھ سجھائی نہیں دے رہا تھا۔ ہر طرف موت کا سا سناٹا تھا۔ ہماری ٹارچ ہم لوگوں کی رہنمائی کر رہی تھی۔ جیسے ہی ٹارچ کی روشنی ہم نے تالے پر پھینکی۔ ہمارا دِل دھک سے ہو گیا۔ تالا ٹوٹا ہوا تھا۔ دروازے ویسے ہی بند تھے۔ کنڈی میں ایک پرچہ لگا ہوا تھا جس میں لکھا تھا ——

"فلم دیکھنے کا بہت بہت شکریہ! ——
چوری کرنے کے لئے راستہ صاف کرنے کا
بھی بہت بہت شکریہ!!

فقط:
"ایک چور"

اِنصاف

محمد تغلق ہندوستان کے بادشاہوں میں بہت قابل، عقل مند اور دوُر اندیش بادشاہ گزرا ہے۔ آج تک کوئی بادشاہ اس کی علمی لیاقت میں اس کے برابر نہیں ہوا۔ اس لئے بادشاہت حاصل کرتے ہی بہت جلد اپنی حکومت وسیع کرلی۔ اور پورے ہندوستان پر اپنا قبضہ کرلیا۔ اس کا اِنتظامِ سَلطنت بہت اچھا تھا۔ وہ رعایا کو اپنی جان سے زیادہ عزیز رکھتا تھا۔ وہ امیر و غریب میں کوئی فرق نہیں سمجھتا تھا۔ کسی حاکم کی مجال نہ تھی کہ وہ رعایا کے کسی آدمی کو بلا وجہ ستائے یا سزا دے۔ وہ خود تمام کاموں کی نگرانی کرتا تھا اور سلطنت کے جُملہ اُموُر کی خبر رکھتا

تھا۔ ان سب خوبیوں کے باوجود ہمارے مورخین اور تاریخیں اُس کو پاگل قرار دیتی ہیں۔ اس میں کوئی شک نہیں کہ اس سے چند ایسی باتیں اور غلطیاں ہوئیں جن کو کوئی معمولی عقل والا انسان بھی نہیں کرتا مثلاً دارالسلطنت کی تبدیلی، تانبے کا سکہ چلانا، یا اپنی ضد پر اڑے رہنا۔ ان غلطیوں کے علاوہ اس میں کوئی خرابی نہ تھی۔ اس کا قانون سب کے لئے یکساں تھا۔ اس میں امیر و غریب کی تخصیص نہ تھی۔ وہ خود کہا کرتا تھا کہ اگر میں غلطی کروں تو مجھ کو سزا دی جائے۔ اس پر وہ عمل بھی کرتا تھا۔

ایک دفعہ کا ذکر ہے کہ محمد تغلق نے کسی لڑکے کو بلا وجہ کوڑے مارے۔ اُس لڑکے نے قاضی کی عدالت میں جاکر یہ دعویٰ کیا کہ بادشاہ نے مجھ پر ظلم کیا ہے اور مجھ کو بلا وجہ کوڑوں سے ملا ہے۔ اس کا انصاف کیا جائے۔ اگرچہ آج کل کی تاریخیں اُس زمانے کو ظلم اور سختیوں سے بھرا ہوا بتاتی ہیں اور اُس زمانے کے حاکموں کو ناقابل، ظالم اور بے رحم بتاتی ہیں اور موجودہ زمانے کو امن و امان کا زمانہ نیز حاکموں کو منصف مزاج بتاتی ہیں۔ ممکن ہے یہ بات ٹھیک ہو مگر ہم اتنا یقین کے ساتھ کہہ سکتے ہیں کہ بادشاہِ وقت تو بڑا اگر ایک معمولی سپاہی نے کسی غریب اور بے سہارا بچے

کے ساتھ ایسا کیا ہوتا تو اس کی کہیں سنوائی نہیں ہوتی اور مقدمہ خارج ہو جاتا۔ ہمارے روز کے مشاہدات غریبوں، بے کسوں، بے سہاروں پر زیادتیاں اس بات کا کافی ثبوت ہیں کہ باوجود سخت کوششوں کے اب بھی غریبوں کی کوئی نہیں سنتا۔ لیکن قاضی صاحب نے بادشاہ کو فوراً حکم بھیجا کہ فلاں دن اور تاریخ کو عدالت میں حاضر ہو۔"

بادشاہ مقررہ وقت پر عدالت میں حاضر ہوا۔ جیسے ہی وہ عدالت کے کمرے میں پہنچا قاضی جی کا سر ادب سے جھک گیا۔ بادشاہ نے قاضی جی سے کہا کہ —— "پہلی بے انصافی تو تم نے یہی کی کہ مجھے دیکھ کر سر جھکا لیا —— میں مجرم کی حیثیت سے حاضر ہوا ہوں نہ کہ بادشاہ کی حیثیت سے ——" بادشاہ کو مجرم کے کٹہرے میں کھڑا کیا گیا اور لڑکے کو دوسری طرف۔ مقدمہ شروع ہوا۔ بادشاہ پر جرم ثابت ہوگیا۔ قاضی نے حکم دیا کہ —— "اتنے ہی کوڑے، جتنے بادشاہ نے لڑکے کو مارے تھے، بادشاہ کے لگائیں جائیں۔"

ارا کین سلطنت نے بادشاہ کو بہت سمجھایا کہ حضور کی اس میں توہین ہے۔ کوڑے نہ لگوائیے۔ مگر بادشاہ نہ مانا۔ اس نے کہا مجھے ایسی توہین قبول ہے جس میں انصاف ہو اور ایسی عزت قبول نہیں

جس میں ناانصافی ہو۔ اُس نے اُسی طرح اِتنے ہی کوڑے اپنے لگوائے جتنے کوڑے لڑکے کو مارے تھے۔

جس طرح آج کی تہذیب نیک اور سچے آدمی کو بے وقوف بتاتی ہے، اسی طریقہ سے اس بادشاہ کی مُنصف مزاجی اور عقل مندی بھی پاگل پن اور حماقت میں داخل کردی گئی ہے۔

بچوں کے لیے دلچسپ کہانیاں

سات کہانیاں

مصنف: یوسف ناظم

بین الاقوامی ایڈیشن شائع ہو چکا ہے